KB057278

여행의 목적지는 여행이다

강제윤 시인의 풍경과 마음

여행의 목적지는 여행이다

처음 펴낸 날 | 2013년 6월 10일
두 번째 펴낸 날 | 2014년 3월 21일

글 사진 | 강제윤

책임편집 | 조인숙, 무하유

주간 | 조인숙
편집부장 | 박지웅
편집 | 무하유
마케팅 | 한광영
펴낸이 | 홍현숙
펴낸곳 | 도서출판 호미
등록 | 1997년 6월 13일(제1-1454호)
주소 | 서울시 마포구 연남동 239-44번지 1층
편집 | 02-332-5084, 영업 | 02-322-1845, 팩스 | 02-322-1846
전자우편 | homipub@hanmail.net

표지 디자인 | (주)끄레 어소시에이츠
인쇄 제작 | 문성인쇄

ISBN 978-89-97322-11-4 03810
값 | 16,000원

ⓒ강제윤 2013

호미 생명을 섬깁니다. 마음밭을 일굽니다.

강제윤 시인의 풍경과 마음

여행의 목적지는 여행이다

글·사진 강제윤

여행자의 서序

자기 존재의 소중함을 확인받을 수 있는 가장 좋은 방법의 하나가 여행이다.

낯선 곳으로 여행을 떠나본 사람은 안다.

길에서 만나는 무수한 사람들에게 나는 얼마나 소중한 존재인가.

어떠한 여행도 존재의 근원을 찾아 떠나는 구도행 아닌 것은 없다.

더 자주 떠나라!

모두가 여행자로 살수는 없으나, 누구나 떠날 자유는 있다!

차례

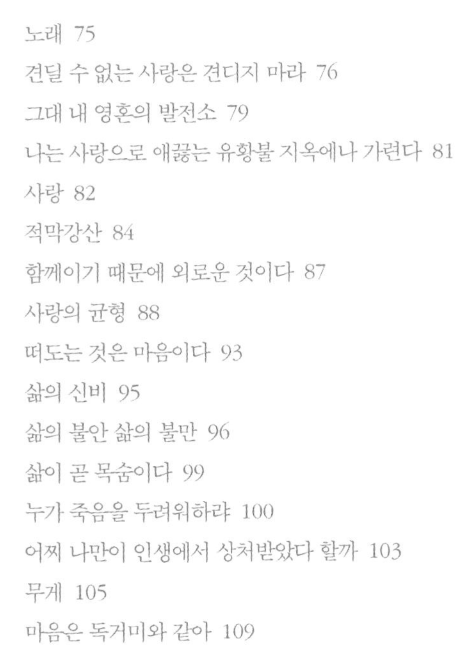

나 아직 삶은 서투르나 소망은 건강하다.
결코, 지는 해를 두려워하지 않겠다.

처음 살아보는 삶

어제는 꽃들이 피는 가 싶더니 오늘은 또 눈이 내린다.
제법 많은 눈이 쌓인다 했더니 햇볕이 나자 눈은 또 흔적도 없다.
삶 또한 그러하다.

돌이켜 보면 삶이 내 소망대로 이루어 진 적은 거의 없었다.
하지만 나는 내 삶이 실패했다고 생각하지 않는다.
애초부터 삶에는 실패나 성공 따위란 없는 것이다.
성공한 삶도 없고 실패한 삶도 없다.
서로 다른 삶이 있을 뿐.

삶은 비교 대상이 아니다.
누구도 삶을 벗어날 수 없는 것을,
산 자들 누가 감히 삶의 판관일 수 있으랴.
어제는 어제의 삶을 살았고 오늘은 오늘의 삶을 살 뿐이다.
너는 너의 삶을 살고 나는 나의 삶을 살아갈 뿐이다.
그것이 전부다.

우리는 늘 삶에 서툴다.
그렇다고 삶이 실수투성이인 것을 책망하거나 탓할 이유는 없다.
누구나 처음 살아 보는 삶이 아닌가.

죽음 곁에서도 삶은 따뜻하다

욕지도 관청마을
길은 뒷산 공동묘지 초입에서 끝나지만
사람은 죽음의 뒷마당에서도 삶의 앞뜰을 생각한다.

어떠한 삶도 양면이다.
슬픔의 뒷면은 기쁨이고, 상처의 뒷면은 치유다.
실연의 뒷면은 사랑이고, 절망의 뒷면은 희망이다.
어둠의 뒷면은 빛이다.

죽음 곁에서도 삶은 따뜻하다.

바닥

사람들은 추락을 두려워한다.

하지만 사람은 누구나 바닥에서 태어난다.

아무리 높은 곳에 있다가 깊은 나락으로 떨어졌다 해도 처음 그 자리다.

사람들은 잃었다고 생각하지만 실상 잃은 것은 아무 것도 없다.

삼십세

나 행복하지 않았으나
불행이 동행은 아니었다.
나 아직 이룬 것 없으나
청춘을 허비한 적 없다.
나는 늙지 않았다.
누구도 쓸모없다 손가락질하지 않았다.
나는 다시 숲으로 가지 않겠다.
잃어버린 사랑을 찾아 헤매지도 않겠다.
나 아직 삶은 서투르나 소망은 건강하다.
결코, 지는 해를 두려워하지 않겠다.

바다도 숲의 안부를 궁금해 하는데

섬의 숲에서는 늘 파도 소리가 난다.
섬의 숲을 흔드는 바람에는 바다가 고스란히 담겨 있기 때문이다.
바람은 바다와 숲의 전령이다.

바다와 숲은 바람의 도움으로 하루에도 몇 차례 서로의 안부를 묻곤 한다.
이 숲의 바람소리를 들으며 문득 깨닫는다.
바다도 숲의 안부를 궁금해 하는데
대체 내 안부를 궁금해 하는 이는 세상에 몇이나 될까.

어쩌면 우리가 SNS를 통해 끊임없이 자신의 소식을 전하는 것은
아무도 궁금해 하지 않는 나의 안부를 알아달라는 간절한 호소가 아닐까.

파도를 건너는 법

폭풍의 바다에서 사람이 파도를 이길 도리란 애초에 없다.
흔들리는 배 위에서 중심을 잡기 위한 노력은 부질없다.
어쩔 것인가.
격심하게 흔들릴 때는 애써 중심을 잡으려고 몸부림치지 마라.
그저 파도에 몸을 맡겨라.
파도가 출렁이는 대로 몸도 따라 출렁이며 가라.
파도 속에서는 파도가 되고, 바람 속에서는 바람이 되어 가라.
그대는 마침내 평온을 되찾게 될 것이다.

무엇보다 자신을 소중히 하라

"스스로를 업신여기면 다른 사람도 그를 업신여기기 마련이다."

「맹자」, 이루離婁 상

누구보다 먼저 자신을 소중히 하라.

내가 나를 소중히 여기지 않는데 누가 나를 소중히 여기겠는가.

목적지에 가지 못한들 어떠랴.

길을 벗어나 낯선 길로 들어선들 또 어떠랴.

여행의 목적지는 여행 그 자체가 아닌가.

은하 여행자

사람은 누구나 태생적 여행자이며 길의 자녀들이다
지구는 은하계를 여행하는 우주선
이 순간에도 우리가 탑승한 지구는
시속 11만 킬로미터의 놀라운 속도로 우주를 항해한다
자기가 사는 마을의 동구 밖도 나가보지 못한 노인마저
은하 여행자인 것이다
정처 없는 은하 여행자들, 시간 속의 나그네들

여행의 목적지는 여행이다

집을 떠나 자연의 품으로 들어온 사람들이
바쁘게 걷는 것을 나는 이해할 수가 없다.
그것은 다시 속도의 노예가 되는 일이다.

길가의 풀과 나무와 들꽃들을 찬찬히 들여다보거나
새소리를 듣지도 못하고 정신없이 걷는다면,
또 시시각각 변하는 바다의 풍경을 놓친다면,
길에 얽힌 이야기와 바람이 전하는 말을 듣지 못한다면,
대체 이 자연의 길을 걷는 의미는 무엇일까.

길을 나서면 느리게 걸어야 하리라.
온갖 해찰을 다 부리며 걸어야 하리라.
길에서는 도달해야 할 목적지 따위는 잊어야 하리라.
목적지에 가지 못한들 어떠랴.
길을 벗어나 낯선 길로 들어선들 또 어떠랴.
여행의 목적지는 여행 그 자체가 아닌가.

다방
794-2062

여행자의 사랑

여행지에서의 사랑은 불가능이 없다.
어떠한 조건이나 난관도 문제가 되지 않는다.
여행 중에 만나는 사람은 누구나 평등한 때문이다.
이방인이건 토착민이건 서로에게는 여행자다.
여행지에서의 사랑은 즉흥적이고 충동적이지만
그것은 또한 사랑의 본성에 가장 충실한 사랑이기도 하다.
조건에 대한 사랑이 아닌 사람 자체에 대한 사랑이므로.

동피랑

한 시절 나의 우거처, 내 사랑하는 동피랑.
나는 오늘도 동피랑에서 행장을 꾸려 길 떠날 준비를 한다.

"어린 왕자다. 스폰지 밥도 있네."
"하나, 둘, 셋."

벽화 앞에서 사진 찍는 소리.
동피랑 마을은 종일 하나, 둘, 셋 소리가 그치지 않는다.
마치 숫자를 셋까지밖에 못 세는 이상한 나라 사람들 같다.
누군가 셋 다음 숫자를 알아내면 세계의 비밀을 풀 수 있을지도 모른다!

사람들은 이 낡은 마을에서 우주선을 띄울 수도 있고 우주선에 양이나 장미꽃을 태울 수도 있다. 또 고목나무에서 화려한 꽃이 피게 할 수도 있고 외계 행성에 사는 어린 왕자를 불러오거나 현실에서는 결코 돌아가지 못할 유년의 뜨락으로 시간여행 할 수도 있다.

벽에 그려진 어린 왕자의 손바닥은 시커멓다. 얼마나 많은 사람들이 악수를 청했으면 저렇게 손때가 묻었을까. 천사 날개가 그려진 벽화 앞에 서면 누구나 천사가 된다. 구름 뜬 하늘 그림 앞에서는 누구나 하늘을 날아다닐 수 있다. 다들 폴짝 뛰어올라 하늘 바다로 풍덩 뛰어들 수도 있다.

동피랑에서는 매일이 여행이고 매일 밤이 스카이라운지다. 낮이면 강구안 바다로 드나드는 배들을 보며 나도 어디론가 떠난다. 밤이면 통영의 밤바다와 야경에 흠뻑 취한다. 어찌 단 하루도 떠나지 않을 수가 있으며 어찌 단 하루라도 취하지 않을 수 있겠는가. 의자에 가만히 앉아서도 나는 여행을 하고, 술을 마시지 않고도 취한다. 동피랑 마을은 그런 곳이다.

할아버지의 요술통

통영 강구안에는 40년 동안 같은 자리에 앉아,
톱날만 가는 노인이 있다.
노인 앞에는 늘 낡고 오래된 나무상자 하나가 놓여 있다.
그 안에 톱날 가는 모든 도구가 다 들어 있다.
그런데 이 나무 상자 이름이 뭘까?
'요술통'이다.
노인의 서툰 글씨로 쓰여 진 '요술통'
저 작은 나무 통 안에서 40년 넘게 식구들의 밥이 나오고,
동생들, 자식들 학비가 나오고 혼수비용이 나왔다.
도깨비 방망이 같은 요술통, 요술통!
오늘도 노인은 요술통 앞에 앉아 톱날을 간다.

느릿느릿 걷고 또 걸어도

작은 섬에서는 시간이 모자라지 않는다

길의 참 뜻

동백섬 지심도의 숲길을 걷는다.
길의 본뜻은 무엇일까.

한자 길 道도자는 辶착과 首수로 이루어진 회의문자會意文字다.
그래서 언젠가 신영복 선생은
"辶착은 머리카락 휘날리며 사람이 걸어가는 모양이며
首수는 사람의 생각을 의미하니
길(道)이란 곧 사람이 걸어가며 생각하는 것"이라고 풀이한 바 있다.

나는 그 뜻을 길이란 통로인 동시에 사유의 길이고,
사유를 통해 자신과 소통하고 자연과 소통하고
나아가 세계와 소통하는 길이란 의미로 이해했다.

하지만 도시의 길들은 자동차와 온갖 장애물들의 위협으로
더 이상 생각에 몰두해 걸을 수 있는 길이 아니다.
그 길들은 오로지 통로로서의 기능만 할 뿐이다.

이런 섬의 오솔길, 흙길들,
사람이 안심하고 걸을 수 있는 길들을 더 이상 훼손하지 않고
보존하는 일이야말로 이 시대의 정신을 비옥하게 하는 소중한 토양이 아니겠는가.

많은 길들이 '사유의 확장' 기능을 되찾을 때
이 소란하고 얕은 세상에서 우리의 삶이 더 깊고 고요해질 것을 나는 믿는다.

걷기의 속도

동일한 풍경을 보고서도 사람마다 그려내는 풍경이 제각각인 것은
사물을 관찰할 때의 속도가 저마다 다르기 때문이다.
자동차의 속도가 놓치는 풍경을 걷기의 속도는 포획해 낸다.

걷기는 정신의 운동

온전한 걷기란 단지 다리 근육의 운동만을 의미하지 않는다.

그것은 잠들어 있는 생각을 깨우고 생각의 폭을 넓히는 정신의 운동이기도 하다.

한 번도 땅에서 발 떼어본 적 없는 것처럼

우리는 걷기 위해 자주 섬으로 가야 한다.
이 나라에서 자동차의 위협으로부터 가장 안전한 길은 섬길이다.
카페리가 다니지 않는 먼 섬일수록 섬길은 걷기의 천국이다.
외지인들이 섬으로 차를 가져올 수 없다는 것은 얼마나 다행인가.
섬에게도, 섬을 찾은 사람들 자신에게도..

나그네에게 섬의 시간은 가늠할 수 없을 정도로 느리다.
느릿느릿 걷고 또 걸어도 작은 섬에서는 시간이 모자라지 않는다.
오히려 시간이 남아돌아 어찌할 바를 모르게 된다.
남는 시간을 그저 걸어라.
오로지 걷고 또 걸어라.

섬에서는 자동차에 대한 기억을 철저하게 잊어야 한다.
한 번도 땅에서 발 떼어본 적 없는 것처럼 걸어라.
호흡조차도 발로 하라.
어느 순간 섬은, 대지는 온 몸을 열고 그대를 받아들일 것이다.

천국

인간에게 천국이란 연인과 여행자에게만 허락된 공간이다.
어떠한 여행지도 여행자에게는 천국이다.
어떠한 연애도 연인에게는 피안이다.

하지만 명심하라 여행자여!

어떠한 천국도 정착지가 되는 순간 지옥으로 돌변한다.
명심하라 연인이여!
그대들의 천국 또한 그러하다.

세상에 없는 것은 어디에도 없다

지심도 왕대나무 숲 부근에는 섬의 방향 지시석이 있다.
동서남북의 방위를 알려주는 지시석.

바다가 보이지 않는 깊은 숲속에 들어와서야 섬의 방향이 제대로 가늠된다.
매일 매일이 혼돈스럽다.
내 삶의 방향 지시석은 어디에 있는가.

실상 삶에는 방향 지시석 따위는 없을지도 모른다.
삶은 정해진 방향을 따라 가는 일이 아니라 늘 새로운 방향을 만들어가는 일이다.
그저 주어진 삶은 없다.
어디에서도 삶은 삶의 의미를 찾아가는 삶일 뿐.

어둑한 숲의 터널을 빠져나가면 환한 빛이 쏟아질 것이다.
그러나 숲의 끝은 절벽이다.
넘어서고자 하지만 건너뛸 수 없다.

삶 건너 삶은 없다.
세상에 없는 것은 어디에도 없다.
해안 절벽에 가까워질수록 파도소리 거세지고 숲은 바람 속에서 깊어진다.

삶을 바꾸는 힘

또 한 차례 설날이 지나간다.
한해가 가고 또 한해가 시작되고,
달력이 바뀐다 해서 삶이 바뀌는 것은 아니다.
하지만 삶을 대하는 자세는 바뀔 수 있다.
그것이야말로 삶을 바꿀 수 있는 힘의 원천이 아닐까.

견딜 수 없이 보고 싶을 때는 견디지 마라

견딜 수 없는 사랑은 견디지 마라

노래

슬픔도 가락을 타면 흥이 된다

견딜 수 없는 사랑은 견디지 마라

견딜 수 없는 날들은 견디지 마라
견딜 수 없는 사랑은 견디지 마라

그리움을 견디고 사랑을 참아
보고 싶은 마음, 병이 된다면
그것이 어찌 사랑이겠느냐
그것이 어찌 그리움이겠느냐

견딜 수 없이 보고 싶을 때는 견디지 마라
견딜 수 없는 사랑은 견디지 마라

우리 사랑은 몇 천 년을 참아 왔느냐
참다가 병이 되고 사랑하다 죽어버린다면
그것이 사랑이겠느냐
사랑의 독이 아니겠느냐
사랑의 죽음이 아니겠느냐

사랑이 불꽃처럼 타오르다 연기처럼 사라진다고 말하지 마라
사랑은 살아지는 것
죽음으로 완성되는 사랑은 사랑이 아니다

머지않아 그리움의 때가 오리라
사랑의 날들이 오리라
견딜 수 없는 날들은 견디지 마라
견딜 수 없는 사랑은 견디지 마라

그대 내 영혼의 발전소

바람이 붑니다
적자산을 넘어오는 비구름
빗방울을 피해 나는 웅달짝
후미진 헛간 추녀 밑에 웅크립니다
습기濕氣, 때 만난 곰팡이들 뼛속까지 스며듭니다

손 내밀어주세요
그대에게로 가는 긴 여정에 지친 길손
나를 붙들어주세요
고단한 몸 일으켜 세워주는
그대, 내 영혼의 발전소

나는 사랑으로 애끓는 유황불 지옥에나 가련다

산해경에 남류산이라는 이상향이 있다.
거기에는 유옥, 푸른 말, 삼추, 시육, 감화가 있고, 온갖 곡식이 풍성하다.
유옥은 천년 묵은 호박琥珀이고, 감화甘華는 신령스런 배나무다.
시육視肉은 아무리 잡아도 물고기가 줄지 않는 연못이다.
삼추三騅는 자웅동체의 짐승이다.

유토피아에 유옥처럼 넘치는 보물, 감화나 푸른 말 같은 불사의 존재들,
시육같이 영원히 줄지 않는
노동 없이도 먹을 걱정 없는 지복祉福의 나날이 기다리는 것은 당연하다.
그런데 삼추는 또 무언가.

자웅동체.
인간세계의 온갖 걱정과 갈등과 두려움이 발붙일 곳 없는 이상향에
망측하게도 자웅동체의 괴물이라니.
자웅이체인 인간이 겪어야 하는 사랑의 고통이 굶주림과 전쟁과
살육의 고통만큼이나 컸었나 보다.

하지만 나는 자웅이체의 사랑이 아무리 고통스러워도
자웅동체의 유토피아 따위에는 가지 않으련다.
사랑 없는 유토피아에 가느니 사랑으로 애끓는 유황불 지옥에나 가련다.

사랑

사랑의 병이 불치병인 까닭은
환자가 낫기를 원치 않기 때문이다

적막강산

달도 없이 적막한 밤
유비는 나이 사십
조조의 변소에 앉아
엉덩이 쥐어뜯으며 울었다

슬프다
큰 뜻을 세웠으나
나이 사십이 되도록 이룬 것 하나 없이
엉덩이 살만 쪘꾸나!

함께이기 때문에 외로운 것이다

안개의 계절이 돌아 왔다. 마을이 안개 속으로 사라져버렸다. 마을은 사라진 것이 아니라 잠시 안개의 군단에게 자리를 내준 것일 테지. 하지만 나는 마을이, 해변이, 푸른 소나무들이, 바다와 산과 하늘이 안개 속으로 아주 사라져버리면 좋겠다. 안개 속으로 사라진 마을과 사람과 염소와 소나무와 백사장. 모든 것이 사라져버린 다음에야 문득 깨닫는다. 내가 고독에서 벗어나기 위해 혼자 남겨지길 원했구나. 사람은, 존재는 혼자이기 때문에 외로운 것이 아니다. 함께이기 때문에 외로운 것이다. 존재들 속에서 문득 혼자인 자신을 발견하기 때문에 외로운 것이다. 함께 있어도 함께가 아닌 것들. 사람들, 염소들, 푸른 소나무와 흰 모래 알갱이들, 마을길과 바다와 산들. 은수자가 사막의 모래폭풍을 견디며, 외로움에 미쳐 버리지 않고 몇 십 년을 살 수 있는 까닭을 이제야 알겠다. 혼자서는 결코 외로울 수도 없는 것이다

사랑의 균형

우리는 늘 실패하면서도, 다시 실패할 것을 예견하면서도
왜 자꾸만 다시 사랑을 시작하는가.
그것은 우리가 밥을 먹고 물을 마시는 것처럼 자연스러운 일이다.
탈이 나고, 체한 적이 있다 해서 결코 밥 먹는 것을 그만둘 수 없듯이
상처받고 실패했다 하더라도
살아 있는 동안 우리는 결코 사랑을 멈출 수 없다.

인간에게는 두 개의 생명이 있다.
육체의 생명과 정신의 생명.
우리는 우리 육체의 생명을 유지하기 위해 밥과, 물과 야채와 고기와
햇빛과 공기 등의 물질로부터 양분을 공급받아야 하듯이
우리의 정신, 영혼의 생명을 존속시키기 위해서는
지식과, 사유와 사랑 같은 정신의 양식들로부터 양분을 공급받아야 한다.
그러므로 밥처럼 사랑은 삶에 꼭 필요한 양식이다.

하지만 사랑은 육체의 여느 양분처럼 지나침도 모자람도 금물이다.
인간의 육체에 공급되는 영양분이 균형을 잃을 때 육신은 병이 들듯이,
정신의 양분 또한 균형을 잃으면 병이 된다.
균형. 우리가 늘 맞추길 갈망하지만
백 개의 저울을 들고서도 결코 맞출 수 없는 균형.
더 떠먹으면 탈이 나고 병이 될 줄 뻔히 알면서도 결코 놓을 수 없는
저 밥숟가락 위의,
사랑.

떠도는 것은 마음이다

몸이 어느 곳에 있는가는 중요하지 않다.
사람의 몸을 붙들어 매는 것은 장소가 아니다.
마음이다.
마음이 깃들지 못하면 사람은 있어도 있는 것이 아니다.
떠도는 것도 실상은
몸이 아니라 마음이다.

삶의 신비

신비로움은 한 꺼풀 눈이 덮인 것에 지나지 않다.
눈 녹으면 부질없다.

본질은 자주 신비의 포장 아래 은폐되지만
한 차례 비나 햇빛으로도 쉽게 드러난다.

그럼에도 인간은 끊임없이 신비로움을 추구하며 살 수밖에 없다.
신비가 없다면 삶은 더 이상 신비로운 것이 아니기 때문이다.

인간은 현실에 눈떠야 살 수 있는 존재인 동시에
신비에 눈감고는 살 수 없는 존재이기도 한 것이다.

삶의 신비란 인간이 삶의 고통으로부터 삶을 견뎌내게 하는 빛이다.

삶의 불안 삶의 불만

욕망의 크기는 지식의 양에 비례한다.
아는 것이 많아질수록 욕망은 커진다.
욕망이 커질수록 만족은 작아진다.

삶의 불안이 무지에서 온다면
삶의 불만은 지식에서 온다.

삶이 곧 목숨이다

사람은 너나없이 목숨이 소중하다는 것을 잘 안다.
누구의 목숨도 가볍다고 말하는 사람은 없다.

하지만 사람은 자주 자신의 삶을 하찮게 여기고
남의 삶도 하찮게 여긴다.

삶이란 무엇일까.
하루하루 목숨 이어가는 일이 아니고 또 무엇이겠는가.
삶이 끝나면 목숨도 끝이다.

어떠한 삶도 목숨 이어주는 삶이 아닌 삶이란 없다.
그런데 누가 감히 삶을 하찮게 여긴단 말인가.

누가 죽음을 두려워하랴

누가 죽음이 두렵겠는가.
결코 오지 않는 미래가 두렵겠는가.
죽음은 죽음의 일, 삶이 죽음의 볼모는 아니다.
내일은 내일의 일, 두려운 것은 오늘이다.

어떠한 고통도 죽음에 대한 두려움이 아니라
삶에 대한 공포에서 비롯된다.
미래가 아니라 현재에서 비롯된다.

많은 사람들은 죽음도 무릅쓰는 용기를 칭송하지만
죽음을 무릅쓰는 것이 그리 대단한 용기는 아니다.
죽음 앞에서도 삶을 굳건히 지키는 일이야말로
진실로 용기 있는 자의 행동이다.

죽음에 몸을 맡기기는 쉽다.
죽음과 맞서기는 진실로 어렵다.
삶을 버리기는 쉽다.
삶을 지키기는 진실로 어렵다.

어찌 나만이 인생에서 상처받았다 할까

내 마음은 단 하루도 잔잔한 날이 없었으니
심한 풍랑에 부대끼고 인생에서 상처 받았으니
위로 받을 수 없었으니
세상의 길은 나에게 이르러 늘 어긋났으니
시간은 나에게만 무자비한 판관이었으니
어느 하루 맑은 날 없었으니
문밖을 나서면 비를 만났으니
누구 하나 우산 내밀지 않았으니
고달픈 세월의 바람에 나부꼈으니

무게

아름다워라
욕되지 않은 삶이여
누추하지 않은 가난이여

가까운 길을 멀리 돌아왔구나
올 것이 없는 기다림이여
머무를 곳 없는 휴식이여

이루지 못했으나
비굴하지 않은 생애여

행복하여라
짐이 아닌 무게여

마음은 독거미와 같아

나 잔인함에 길들어
마음은 잔인한 악어와 같아
남의 고통에서 위안 받고 눈물 흘리네
내 삶의 온갖 상처
남의 불행으로
치유 받네

수레에 고통을 잔뜩 실은
통영의 곱추 영감
사신死神의 부축을 받으며 행상하는
새마을 시장 노파
하반신 없는
명동거리 젊은 걸인

나의 마음은 잔인한 독거미와 같아
남의 불행으로
내 행복의 실을 뽑네

영원

삶은 무한하지 않으나 유한하지도 않다.
그래서 순간인줄 알면서도 영원처럼 살지 않으면 안 되는 것이 삶이다.
삶은 무한과 유한 사이를 끊임없이 길항한다.
무한과 유한, 그 경계에서 꽃처럼 피었다 지기를 거듭한다.

애석하게도 꽃 시절은 순간이다.
하지만 꽃은, 삶은 순간이 곧 영원이다.
영원은 순간을 통해서만 그 실체를 드러낸다.
그러므로 우리는 순간을 살지만 순간이 아니다.
영원을 사는 것이다.
티끌 같은 시간, 티끌 같은 삶이 덧없으나 더없이 소중한 것은 그 때문이다.

날 사랑한다고 말해요

어청도 포구, 어느 식당
오십 후반쯤이나 되었을까.
동네 사내 하나 문을 열고 들어선다.
남자는 대뜸 무릎을 꿇고 안주인을 향해 팔을 벌리며 노래 부른다.

"내 사랑 그대여 날 좋아한다고 말해요.
그대 없이 나는 못 살아요.
메마른 내 가슴에 단비를 뿌리는 그대를 너무나 좋아해.
날 사랑 한다고 말해요."

섬마을 식당의 세레나데.
안주인은 웃으며 맞장구친다.
"노래는 겁나게 좋구만. 김용임 노래가 어려운디.
시숙님, 노래 참말 잘 하시네."
남자는 한 번 더 목청을 가다듬는다.

"이 세상 영원 영원히 내 곁에 있어 주세요.
날 사랑한다고 말해요."

안주인은 웃으며 손을 젓는다.
"시숙님도 차암, 나가 시방 그 노래에 어떻게 대답을 하것소."
옆에서 지켜보던 식당 바깥주인 삐긋이 웃는다.

우리는 모두 남의 목숨으로 연명하는 생의 도축자들.

나 아닌 것들이 모여 내가 되는 생이여 목숨이여!

섬 맑은 날

자 눈을 감았다 떴다
꼬리를 살랑살랑 흔드는
아주 싱싱한 목포 먹갈치
생 갈치가 여덟 마리 한 박스에 만원
자 눈을 감았다 떴다 하는
갈치, 갈치가 왔어요 갈치

개 삽니다 개, 큰 개, 작은 개
도사견이나 세파트
염소도 삽니다
자 개 차가 왔어요 개
염소 차가 왔습니다 염소 차
개 파세요 개
개 삽니다
고양이나 강아지 염소새끼나 염소
큰 개, 작은 개, 도사견이나 세파트
개 삽니다 개
마을에 개 차가 왔습니다

알 낳는 닭이 세 마리 만원
닭 사세요 닭
꼬꼬닭이 세 마리 만원
토종닭도 있습니다
털을 송송 뽑아 깨끗이 손질해 드립니다
닭 사세요 닭, 닭 차가 마을 앞을 지나고 있습니다.

자 눈을 감았다 떴다 꼬리를 살랑 살랑 흔드는 갈치,
갈치 차가 마을 앞을 지나갑니다
마을에 개 차가 왔습니다
닭 사세요 닭, 닭 차가 마을 앞을 지나고 있습니다.

충남하숙

달의 후예

대청도 검은낭 해변
길은 절벽을 따라 하늘까지 이어지고
하늘로 돌아갈 날이 가까워진 노인은
마지막 지상의 양식을 얻으러 나왔다
노인은 다닥다닥 바위에 붙은 굴을 깬다

굴은 달이 차고 기우는 데 따라 여물기도 하고 야위기도 한다
섬사람들도 굴처럼 살이 올랐다 야위었다 한다
섬사람들은 달의 자손이다
달이 바닷물을 밀었다 당겼다하며 바다 것들을 키우면
사람들은 바다에 나가 물고기를 잡고 소라고둥과 굴들을 얻어다 살아간다

겨울 산이 가장 깊다

겨울 산에 오른다
산이 가장 깊은 때는 언제일까
신록이 무성한 여름일까
여름 산이 골 깊어 보이지만
참으로 산이 깊어지는 때는 겨울이다
겨울 산이 가장 깊다

맨몸의 산
감추는 것은 깊은 것이 아니라 얄팍한 것이다
자신의 실핏줄과 속살까지 다 드러낸 나무와 숲과 계곡
겨울 산보다 더 깊은 산이 어디 있으랴

맨살의 겨울산정에 이르는 길은 오직 하나
사람 또한 제 속살을 다 드러내고 가는 것이다
화려한 치장도 채색의 옷도 다 벗어제낀 나무들
겨울 산에서 누가, 무엇을, 어떻게 숨길 수 있으랴
산 스스로도 다 드러내 놓고 서 있는 것을

이미 투명한 산의 속살에 담긴 사람이, 산짐승과 날짐승이
또 어디에 몸 숨길 수 있으랴
가시나무도 제 가시를 숨기지 못하고
나뭇잎의 모습으로 몸 바꾸어 자신을 숨기던 바람도
기어코 본 모습을 드러내고 마는 것을

황금기

가을 석모도는 온통 금빛으로 출렁인다.
누렇게 익은 나락들이 야물게도 여물었다.

그러나 저 들판의 황금빛은 오래가지 못한다.
벼들의 황금기는 짧다.

벼는 가장 빛날 때 목숨을 내놓는다.
자기 목을 바쳐 쌀이 되고 밥이 된다.

밥이여!
저토록 아름다운 것들의 죽음으로 되살아나는 목숨이여!

콩 심는 날

봄날 비진도
노인은 밭에 나와 팥을 심는다.

메주콩은 안 심으시는가.
콩은 언제 심으세요?

노인은 돌담에 기대선 감나무를 올려다본다.
아직 멀었어요.

콩은
감나무 이파리 세 잎 날 때 심어요.

폭풍의 언덕

굴업도 개머리 해안 폭풍의 언덕
초원은 오래 전 섬의 목장이었다.
인기척에 놀란 사슴 몇 마리 쏜살같이 달아난다.
이장 집 울타리를 탈출한 사슴들은 크게 번성했다.

마른 억새가 무성한 벌판, 풀밭 가운데 아기 염소 한 마리 처참하다
여물지도 못한 어린 뼈 조각들 뒹굴고
살점이 떨어져 나간 검은 가죽은 너덜하다.
맹금류의 먹잇감이 된 아기염소
황조롱이 한 마리 상공을 선회하다 사라진다.

사나운 날짐승의 한 끼 식량으로 바쳐진 어린 길짐승
생은 저토록 잔혹하다.
생은 누구의 편도 아니다.
여리고 어린 생명이라 해서 봐주는 법이 없다.
생이란 맹수는 오히려 어리고 연한 고기를 더 즐긴다.

한 목숨 죽어야 한 목숨 이어지는 생애의 한낮
우리는 모두 남의 목숨으로 연명하는 생의 도축자들.
목숨이 주식인 생이여!
나는 육을 먹으나 내 몸을 이루는 것은 고기가 아니다.
내 몸은 영혼들의 집합소

헤아릴 수 없는 목숨들이 쌓이고 쌓여 한 목숨 이루었다.
굴업도 개머리 해안, 폭풍의 언덕에서 나는 내가 아니다.
어디에도 나는 없다.
나 아닌 것들이 모여 내가 되는 생이여 목숨이여!

바람의 통로

가파도, 바다와 정면으로 마주선 섬 집들의 방어막은 돌담이다.
돌담은 언뜻 성곽처럼 단단해 보이지만 다가가면 허술하다.
구멍투성이 허점 많은 전선.

어떻게 저 혼자 서 있기도 버거운 돌담이
강력한 바람 군단을 막아내며 견뎌온 것일까?
바람의 군사들이 신호음을 내며 구멍을 빠져나간다.

무엇일까 저 구멍은
어쩌면 숭숭 뚫린 저 구멍 덕에 돌담은 섬은 섬의 집들은
오랜 세월 바람의 침입에 무사했던 것은 아닐까.
돌담은 저 구멍으로 바람의 군대를 분산 통과시켜주고
섬의 안전을 보장받아 온 것은 아닐까.

바람과 싸우지 않고 섬을 지켜온 돌담의 전략
돌담은 바람의 방어막이 아니라 바람의 통로다.
섬사람들은 바람을 거스르고 살 수 없어
바람의 샛길을 내주고 바람과 함께 살아간다.

위로는 마약이다

사람들은 대체로 삶의 진실을 알고 싶어하지 않는다.
고통은 거기서 비롯된다.
사람들이 삶에서 원하는 것은 삶의 진실이 아니다.
위로다.

사람들은 삶의 진실과 대면하는 것을 두려워한다.
진실은 끔찍하기 때문이다.
그러나 위로의 방식으로 삶의 고통은 치유되지 않는다.
위로란 잠시 고통에 눈멀게 해주는 마약에 불과하다.

상처

어떠한 상처도 스스로 치유되는 법이란 없다.
어떠한 상처도 타자로부터 치유받을 수 없다.
어떠한 상처도 치유해주면서 치유될 뿐이다.

언어의 감옥 침묵의 감옥

어느 순간부터 말은 더 이상 소통의 수단이 아니었다.
단절의 칼날이었다.
사람은 누구나 태어날 때 입에 도끼를 물고 태어난다고 했으나
오래도록 나는 그 말을 믿지 않았다.
이제 나는 그 도끼가 양날이라는 사실도 알게 됐다.
상대의 발등을 찍은 도끼는 반드시 돌아와 내 발등도 찍었다.

상처에 약이 되지 못하고 상처를 덧나게 하는 말.
추위에 온기가 되지 못하고 칼바람이 되는 말.
굶주림에 밥이 되지 못하고 허기가 되는 말.
내가 던진 말의 도끼날에 찍힌 가슴이 얼마였던가.
되돌아와 나의 심장을 찍은 도끼날은 또 얼마였던가.
말이 말이 아니게 되었을 때, 말이란 오로지 버려야 할 말일 뿐이었다.

이제 더 이상 말을 견딜 수 없으니, 절명할 수도 없으니,
말의 감옥으로부터 탈옥이라도 해야 하는 것일까.
살아 있는 동안은 감옥을 벗어날 수 없으니, 이제 나는
말의 감옥으로부터 침묵의 감옥으로 이감이라도 가야 하는 것일까.
말의 감옥에서는 짐작도 할 수 없이 많은 간수들이 감시하고, 간섭하고,
징벌하려 들지만, 침묵의 감옥을 지키는 간수는 죄수 자신일 뿐이므로.

이우

설산에 이우라는 동물이 산다.
이우는 꼬리가 길고 칼처럼 날카롭다.

이우는 아름다운 제 꼬리를 무엇보다 사랑한다.
개나 고양이가 제 몸을 핥아가며 깨끗이 하듯이
이우는 제 꼬리를 아껴가며 조심조심 핥는다.

그러다 혀를 벤다.
날카로운 칼에 베인 혀에서는 피가 흘러나온다.
이우는 피 맛이 달콤하다.

이우는 그 맛있는 즙이 제 꼬리에서 나오는 줄 안다.
그 맛에 취해 끊임없이 꼬리를 핥고 또 핥는다.
그러다 마침내 죽어간다.

혹시 우리도 이우처럼 살다 죽어가고 있는 것은 아닌가.

염소란 무엇인가

들판에서 한가롭게 풀을 뜯고 있는 염소들
나는 저 목가적인 풍경이 무섭다.
염소는 어느 예기치 못한 순간 팔려가 죽게 될 것이다.
살기 위해 부지런히 풀을 뜯을수록 염소는 제 죽음을 재촉한다.

먹이가 삶을 이어주는 생명의 끈인 동시에
생명을 앗아갈 올가미가 되기도 하는 생애의 들판
풀을 뜯어 살이 찌고 윤이 날수록 염소의 죽음은 가까워진다.
생명력 넘칠수록 생명은 점점 위태로워진다.

전율스럽지 않은가.
염소의 삶이, 삶의 역설이
염소란 무엇인가.
생사란 무엇인가.

어제의 나 오늘의 나

어제의 나와 오늘의 나는 같은 나인가? 다른 나인가?
돌이켜 보라.
몸은 자라거나 늙었고, 의식은 나비가 고치를 뚫고 나오듯이 변했다.

어제의 나는 오늘의 내가 아니다.
어떻게 변화하든 내일의 나 또한 오늘의 나는 아닐 것이다.

그러나 변치 않는 사실이 하나 있다.
오늘의 나는 어제의 내가 만들었고
내일의 나는 오늘의 내가 만든다는 사실이다.

고통

중생衆生에게 고통의 시간은 건너뛸 수 있는 징검다리가 아니다.
그것은 그저 견뎌내야 할 시간일 뿐.

고통은 또한 벗어날 수 있는 것도 아니다.
고통은 벗어나려고 발버둥 칠수록 옥죄어드는 올가미 같다.

삶 또한 그러하다.
삶이 참담하다 해서 건너뛸 수는 없다.

인간은 그 삶이 어떠한 것이든
온전히 자기 몫의 삶을 살아내는 것밖에 달리 방법이 없다.

그러므로 삶의 초월 따위를 이야기하는
어떠한 종교적, 초자연적 언술도 모두 사기다.

건너뛸 수 있다면 그것은 더 이상 삶은 아닌 것,
초월은 초월자의 권능이지 인간의 일은 아니므로.

삶은 사소함으로 가득하다

사람은 늘 사소한 것에 목숨을 건다.
사소한 일 때문에 기쁘고 슬프다.

사소한 것 때문에 사람을 사랑하고 미워한다.
사소한 희망에 살기도 하고 사소한 절망에 죽기도 하다.

그러므로 사람이 사소한 것에 목숨을 건다고 비난하는 것은 부당하다.
사람의 목숨이란 대체로 큰 것에 달려 있지 않다.
아주 작고 사소한 것들이 생사를 좌우한다.

삶에 사소하지 않은 것이 어디 있으랴.
세계는 사소함으로 가득하다.

열정의 총량

그대는 늦게 찾아온 사랑의 열정이 무섭다고 했다.
그러나 무서워 마라.
사랑에 대한 인간의 열정은 무한정일 수가 없다.

사랑뿐이겠는가. 사람의 일이 다 그렇다.
사람에게는 저마다 열정의 총량이 있어서, 그것을 모두 소진하고 나면
다시 열정을 되찾고 싶어도 찾을 수가 없다.

그러므로 우리는 늦게 찾아온 열정을 두려워하거나 회피할 까닭이 없다.
열정을 쏟아부은 일이나 사랑의 성패를 걱정할 것도 없다.
열정이 있으므로 성공도 있고 실패도 있다.

우리가 진정 두려워해야 할 것은 열정의 뒤늦은 방문이 아니라
열정의 탕진이며 열정의 상실이다.
무한할 것처럼 헛되이 열정을 낭비하는 것이야말로 진정 두려운 일이다.

늙음은 삶의 완성이다

늙음이란 무엇일까.
죽어간다는 것일까.

하지만 죽어감이 늙음의 본질은 아닌 듯하다.
돌이켜 보면 인류는 늙음보다는 전쟁, 기아, 질병, 재해 등으로
더 많이 죽어갔다.

늙어보지도 못하고 죽은 이들이 더 많다.
실상 늙음이란 죽음보다는 삶에 더 가깝다.

늙음은 결코 죽어가는 일이 아니다.
삶을 완성해가는 일이다.
삶의 근원에 더 깊이 다가가는 일이다.

늙은 선원의 추억

선장실, 선장 대신 잠시 운전대를 잡은 늙은 선원의 팔뚝에
'추억' 이라는 문신이 선명하다.
생살을 파내서라도 간직하고 싶은 추억이란 어떤 추억일까.

달아나버릴까 두려워 입으로는 말하지 못하고 생살에 새긴 추억.
독거도로 가는 뱃길,
선원의 눈빛이 고독하고 쓸쓸하다.

독거도獨巨島는 본디 독고도獨孤島였다.
섬의 본질을 그대로 담고 있는 이름.
얼마나 지독하게 외로운 섬이었으면 이름마저 홀로 외로운 섬이었을까.
저 늙은 선원처럼.

거북이처럼 느리게 가라

추자도 하추자 대합실은 섬을 빠져나가려는 여객들로 혼잡하다.
난바다의 섬에는 큰 바람이 불지 않아도 배가 다니지 못하는 일이 잦다.

바다는 자주 안개의 군단에 포위당한다.
이제 우기가 시작되면 섬은 더 자주 고립될 것이다.

완도에서 오는 강남풍호는 안개의 포획에 걸려 출항이 두 시간이나 늦어졌다.
도착 시간은 그보다 더 늦어질 것이다.

안개.

바람이나 거센 풍랑을 피해갈 수 있는 노련한 선장도 안개를 피해갈 도리란 없다.

안개에는 틈이 없다.

세상의 어떠한 지식도 안개의 세상에서는 무용하다.

여객선은 그저 안개의 눈치를 봐가며 느릿느릿 나아갈 뿐이다.

대합실의 노인들은 뱃시간이 늦어져도 느긋하다.

조급해봐야 달리 방법이 없음을 잘 아는 것이다.

"지가 거북이가 됐건 뭐가 됐건 올 테지라."

정박

닻의 한자어는 정碇이다.
오랜 옛날에는 밧줄에 무거운 돌(石)을 매달아 물속에 던져
배가 떠내려가지 못하도록 붙들었다.
정碇이란 글자는 거기서 유래했다.
그래서 배가 머무는 것이 정박碇泊이다.

연도 해안 곳곳에는 버려진 닻들이 갯벌에 얼굴을 처박고 있다.
정박碇泊의 때마다 제 깊은 속살 닻에게 내어주던 갯벌.
연도 갯벌은 이제 닻들의 무덤이 되었다.

바다 한가운데서도 배가 떠내려가지 않도록 붙들어 주던 닻.
이곳에 오기 전까지 닻은 끊임없이 떠돌아야 했다.
정박이 그의 일이었으나 살아서는 결코 정박할 수 없는 운명을 타고난 닻.

녹슬어 쓸모없어진 닻은 생명을 거두고 영원한 정박을 얻었다.
끝내 정박에 이르렀으므로 더 이상 닻이 아니게 된 닻.
나그네여! 그대 마침내 안식을 얻었으니 평안하신가.

생의 도축업자

오랫동안 나는 도살장에 끌려가는 소처럼 생에 붙들리고 끌려다녔다.
끊임없이 벗어나기를 갈망하면서도 기회가 올 때마다 서둘러 몸을 피했다.

진실로 나를 붙들고 놓아주지 않는 것은 무엇인가.
생인가. 생의 바깥인가.

삶을 살면서도 나는 단 하루도 삶에 안착하지 못했다.
늘 삶의 바깥으로 떠돌았다.

피안彼岸, 삶 너머로만 떠도는 삶도 삶이라 할 수 있는가.
나는 끝내 스스로 도살장의 문턱을 넘지 못할 것이다.

망설이게 하는 것은 무엇인가.
애착인가 불안인가.

시간들, 삶의 도축업자들.
가뭇없는 섬의 시간이 간다.

생사불이의 법당

섬의 어느 곳을 가도 집 근처에 무덤이 있다.
섬에서는 대문 밖에다 무덤을 쓰는 일도 흔하다.
무덤은 밭 가운데에도 있고 뒷마당에도 있다.
땅이 부족한 탓이기도 하지만
그보다는 섬사람들이 죽음에 거리낌이 없기 때문이다.

어젯밤에 함께 술 마시던 친구가 오늘 죽었다 해서
통곡하는 모습을 본 적이 없다.
섬사람이 본래 무정해서 그런 것은 아니다.
섬사람들에게는 죽음도 일상인 까닭이다.
죽음을 가볍게 여기는 것이 아니라 죽음에 대해 담박한 것이다.

생사불이生死不二를 늘 목전에서 보고 사는 삶.
삶의 터전이며 생명의 밭이기도 한 바다가 언제든 죽음의 수렁이 된다.
오늘은 상가에 조문 와 있지만 나 또한 내일 바다에 나가 죽을 수 있다!
바다가, 바람이, 풍랑이 섬사람들을 무문관無門關에 들게 했다.
생사불이의 화두를 깨치게 했다.

바다에서 보면 대륙 또한 물위에 떠 있는 섬에 지나지 않는다.

바다는 이 행성의 피다

바다는 이 행성의 피다. 우리가 어디에 살고 있든지 간에 바다는 우리 모두의 기에 영향을 끼친다. 바닷물은 이 해안에서 저 해안으로 물리적 정보뿐만 아니라 천상의 정보까지 운반하기 때문이다."

찰리 라이리, 「물의 치유력」

어떤 문화권의 사람들은 바다가 사람의 생사에 직접 관여 한다고 믿는다.

조수潮水가 사람의 혼을 옮기고 썰물이 사람의 죽음을 의미한다고 생각한다.

일본의 한 통계는 이를 뒷받침한다.

"만조 때 태어나는 아이가 많고 간조 때 숨을 거두는 사람이 많다."

달의 인력이 바닷물을 끌어당기면 사람 몸속의 액체는 바다의 인력에 끌려간다.

달이 뜬 바다를 보면 사람의 심장도 뛰는 것은 그 때문이다.

지구가 아니라 수구다

지구는 물의 행성이다.
지구 표면의 70퍼센트가 바다다.
지구地球가 아니라 수구水球인 것이다.

바다에서 보면 대륙 또한 물위에 떠 있는 섬에 지나지 않는다.
대륙이 하나의 섬인 것처럼 아무리 작은 섬도 그 자체로 하나의 대륙이다.

시로 바다를 건너다

기적으로 물위를 걷지 못하고
시로 바다를 건너다
마음으로 억겁의 공간을 날지 못하고
시로 바다를 건너다

쾌락의 바다를 건너다
탐욕의 바다를 건너다
증오의 바다를 건너다
오욕의 바다를 건너다

시로 바다를 건너다
인간의 바다를 건너다

양초장수

늙은 양초장수 보았네
노화도 선창가에 앉아
하염없는 물결 보았네

출렁이며 출렁이며
양초장수 늙은이 어디서 흘러왔으리
어느 적 촛불처럼 붉게도 타올랐으리

노화도 뱃머리에 우두커니 앉아
청해진 전파사 구성진 가락 듣네

향기양초 수레 끄는 양초장수 보네
하염없는 물결에 밀려가네 밀려가네

가을볕에 마음을 말리다

가을바람에 마음을 털다
녹슨
마음의 쇳가루 털어내다

가을볕에 나가 앉아
구겨진 마음을 펴다
찢기고 헤진 마음을 기우다

가을볕에 마음을 말리다
여름 장마에 젖은 마음을 말리다
찌들고 곰팡이 핀 마음을 널어 말리다

천년

비가 오고 아들은 죽순처럼 자랐다
어머니는 길 떠나는 아들의
새벽밥을 지었다

아들은 가시덤불을 지나
잣밤나무 숲으로 사라졌다

바람이 불고
거대한 숲이 흔들렸다

아들의 머리에 서리가 내렸다
어머니는 눈썹이 희어졌다

돌아온 아들은 서럽게 울었다
밤이 기울도록 어머니는 잠들지 못했다
아들은 다시 길 떠날 차비를 서둘렀다

어머니는 새벽밥을 차리고
뒤돌아보는 아들의 등을 떠밀었다
그렇게 어머니는 천년을 서 계셨다

감자탕을 먹으며

그대에게 줄 것이 없어
감자탕을 먹으며
뼈를 발라 살점 하나 건넨다
그대는 손을 젓는다

내 살이라도 뜯어 주고 싶은데
고작 돼지 등뼈에 붙은
살점이나 떼어 주는 나를
그대는 막는다

나는 그대의 슬픔을 모른다
그대 안에 깃들지 못하고
저녁 구름처럼 떠나간 그대의 사랑을 모른다

늦은 저녁
그대와 마주앉아 감자탕을 먹는다
그대 옛사랑의 그림자와
감자탕을 먹는다

그대는 그대의 슬픔을 모른다
그대는 그대의 쓸쓸함을 모른다
그대 옛사랑의 늦은 저녁
그대와 감자탕을 먹으며
내 뼈에 붙은 살점 하나
그대 수저 위에 올린다

비가

배는 떠나고
흰동백 피었다 지네

배는 떠나고
사랑은 가고 오지 않네

바람아 불어라
폭풍우 몰아쳐라

배는 떠나고
한 번간 내 사랑 돌아오지 않네

배는 떠나고
흰 동백 피었다 지네

노인

늙는 것이 서러운 것은 아니다
노인은 식어가는 방이 두려웠다
노인은 버릇처럼 다 타지 않은 연탄을 갈았다

새벽 세시
잠자던 고양이가
노인의 다리를 붙들고 늘어진다

노인은 잠들 수 없다
잠들면
누가 깨우러 올까

밤마다 문 두드리는 소리
부르는 소리

창문을 열어보지만
마당에 연탄재만 가득하다

기웃거리다 그는 돌아가는 걸까
벌써 몇 년째
노인은 그를 기다렸다

그가 다녀가면
타다 만 연탄처럼 노인도 마당에 버려질 것이다

새벽 세시, 연탄을 갈고
노인은 개밥을 불에 올렸다

그 별이 나에게 길을 물었다

바람뿐이랴
냄비 속 떡국 끓는 소리에도 세월이 간다
군불을 지피면
장작 불꽃 너머로 푸른 물결 일렁인다

보길도에 사람의 저녁이 깃든다
이 저녁
평화가 무엇이겠느냐
눈 덮인 오두막 위로 늙은 새들이 난다
저녁연기는 대숲의 뒤안까지 가득하다

이제 밤이 되면
시간의 물살에 무엇이 온전하다 하겠느냐
밤은 소리 없이 깊고

사람만이 아니다
어둠 속에서 먼지며 풀씨,
눈꽃 송이들 떠돌고
어린 닭과 고라니, 사려 깊은 염소도
길을 잃고 헤맨다

누가 저 무심한 시간의 길을 알겠느냐
더러 길 잃은 별들이
눈 먼 나에게도 길을 묻고 간다

참으로 나를 이끄는 것은

참으로 나를 이끄는 것은
바람일까 눈보라일까
저 녹슨 철길일까
녹슬지 않는 세월일까

참으로 나를 이끄는 것은
저문 바다 낙일落日일까
앞산 뒷강 물결일까

참으로 나를 이끄는 것은
역사일까
역사의 옹이진 상처일까

참으로 나를 이끄는 것은
참으로 나를 이끄는 것은

어촌계장님의 당부

아, 아, 중리 어촌계에서 전복 양식 어가 여러분께 한 말씸 디리것습니다. 진작부터 몇번을 말씀디랬습니다만 잘 지케지지 않아서 재삼 당부디립니다. 지발 통로 좀 막지 맙씨다.

다시마 줄 한개라도 더 막아 볼라고 자꾸 길을 막는데 그래도 배 댕기는 통로는 터놔야 할 거이 아닙니까. 양심이 있으면 새게들으시기 바랍니다. 저 돈 좀 더 벌자고 남들 배 댕기는 통로마저 막아버리면 딴 사람덜은 어치코 살란 말씸입니까.

그간 십 수 차례 회이도 했고 회이 때마다 그러지 않기로 합이를 봤지만 당최 지케지지 않고 있습니다. 법을 안 지키고 발을 막았다가 나중에 멘에서 나와 걷어내라면 머라고 할 참입니까. 그때 가서는 할 말이 없게 되지 않것습니까. 꼼짝없이 뜯어내야 하지 않것습니까. 지발 마을 망신시키지 말고 통로에다 발 막으신 분덜은 알아서들 철거해 주시기 바랍니다.

여러분도 아다시피 일전에 뽀리기서 멜치가 좀 든다고 서로 더 잡아 보것다고 배 다이는 통로에까정 그물을 처서 난리가 난 적이 있지 않었었습니까. 한 마을 사람덜끼리 해겡에다 고발하고 멕살잡이 하고 우세도 그런 우세가 없었습니다. 종당에는 말 사람들이 전수 다 그물을 빼내야 했었습니다.

쪼깐 더 벌어 보것다고 욕심부리다 다 같이 망하지 않었었습니까. 우리 마을이라고 그러지 말란 법 있습니까. 미리 미리 알아서들 조심헙씨다.
그라고 또 이런 의논 땜시 회이를 소집해도, 어떤 분덜은 자기한테 불리한 안건이다 싶으면 아얘 회이에도 참석을 안합니다. 양심 좀 바르게 삽시다.

……

아, 아, 전화가 와서 전화 받느라고 잠시 실례 했씸니다. 중리 어촌계에서 다시 한번 말씸 디리겠씸니다. 배 다이는 통로는 절대로 막지 맙시다. 멩심해 주십시오.

아울러 통발 하시는 어가분들께도 한 말씀 디리겠습니다. 엊그제 밤에 전복 양식장 일 하고 늦게 들어오던 주민분이 큰 사고 날 뻔 봤다고 합니다. 통발을 건는다고 한밤중에 뱃길에다가 배를 대놓고 있었다고 합니다. 하마터면 배끼리 부닥칠 뻔했다고 합니다.

돈 벌라고 통발 하는 것까지야 누가 머라 하것습니까마는 지발 밤에는 불 좀 키놓고 통발을 거둡씨다. 불 키논다고 기름값 얼마나 더 들어가것습니까. 위험천만한 짓은 제발 좀 삼가며 삽시다. 자기 생각만 말고 놈도 좀 생각하고 삽시다.

또 봉께 선창머리 배 들어오는 통로에다 양식 가두리를 띄워논 분이 계십니다. 대체 이거이 사람이 하는 짓거립니까 짐승이 하는 짓거립니까. 그럼 배는 어치코 다니란 말입니까. 얼릉 좀 치워 주시기 바랍니다. 거듭 부탁디립니다. 어지간히 욕심들 부리며 삽시다. 이상은 중리 어촌계에서 말씀 디랬습니다.

잔혹 엽기 애정 사기극, 6시 내 고향

한국방송 여섯시 내 고향
리포터, 마량진 포구 어선에 오른다
배는 광어잡이 배
선장은 삼십 년 베테랑
리포터, 선장님이 자랑스럽다

"시청자 여러분, 선장님은 바다를 너무 너무
사랑하고 광어를 너무 너무 사랑하는 분이세요.
선장님, 따라해 주세요.
'바다 사랑 , 광어 사랑.'"
선장은 오른손 키를 잡고 왼손 쭉 뻗으며 외친다
"바다 사랑, 광어 사랑."

그물에 걸려 배 갑판으로 끌어올려진 광어들
몰살 위기에 처한 광어 가족
파닥인다
리포터는 어미 광어 꼬리를 잡아 올리며 침을 흘린다
"너무 너무 싱싱해요."
고통스레 숨 헐떡이며 몸부림치는 광어들
살아도 산 목숨이 아니다

선장은 어린 광어를 바다로 돌려보낸다
감동 먹은 리포터 목이 메인다
"선장님은 진짜 광어를 사랑하세요. 사랑하니까
치어들은 전부 살려 주세요."
선장은 사랑하는 어미 광어 숨통에 칼을 꽂는다
배 갑판을 도마 삼아 포를 뜬다

광어 흰 살 한 점 초장 찍어 삼킨 리포터
입을 다물지 못한다.
"살살 녹아요."
사랑하면 원래 살살 녹는 것이다
"선장님은 어쩜 이렇게 광어를 많이 잡으세요."
겸손한 선장
"사랑하는 만큼 잡히는 것 같아요."
마량진 앞바다 삼십 년 광어 잡이
광어 사랑 차고도 넘친다

장님 농부

어느 저녁이었다.
텔레비전을 보다 나는 눈을 의심했다.
칠흑의 어둠 속, 노인은 키가 훌쩍 자란 나락들 사이에서 피를 뽑고 있었다.
노인은 장님이었다.

노인은 다섯살 때 열병을 앓아 시력을 잃고 예순다섯 해를 살았다.
노인은 노련한 농부였다.
논밭을 일구고 땔감 구하는 일까지 혼자서 다 해냈다.
언제나 노인의 농사는 마을의 누구보다 윗길이었다.

리포터였던가, 농사를 잘 짓는 비결이 뭐냐고 물었다.
앞 못 보는 노인이 귀를 바짝 세우고 대답했다.

"앞이 안 보여 땅의 소리에 늘 귀 기울이고 살다보니 그런 것 같소."

나는 눈뜬 장님이었다.

욕심

채워도, 채워도 다 채울 수 없는 것이 있다.
비워도, 비워도 다 비울 수 없는 것이 있다.

두려움

또 모자랄까 두려워함이란 무엇인가? 두려워함, 그것이 이미 모자람일 뿐. 그대들은 샘이 가득 찼을 때에도 목마름을 채울 길 없어 목마름을 두려워하진 않는가?

칼릴 지브란

나누지 못하는 것의 근원은 소유욕이 아니다.
불안이다.
모자랄지 모른다는 두려움.
그래서 다 쓰지 못할 것을 알면서도 나누지 않고 자꾸 쌓아두려 한다.
나 또한 그러하다.
배낭 하나 메고 떠도는 삶이지만 나날이 배낭은 무거워진다.

왕은 숲으로 갔다

옛날 인도 어느 나라에 현군으로 이름난 바트리 하리 왕이 살았다. 왕의 궁전에는 오랫동안 고행과 명상 수행을 해온 구루가 있었다. 어느 날 비슈누 신이 나타나 수행에 대한 보답으로 영생불멸의 열매를 건네주었다. 하지만 구루는 자신이 영생불멸의 열매를 먹지 않기로 했다. 구루는 자신이 영생을 누리기보다는 현명하고 자비로운 바트리 하리 왕이 영생을 누리며 나라를 통치하는 것이 백성들에게 이로울 것이라 생각했다. 그래서 구루는 영생불멸의 열매를 바트리 하리 왕에게 바쳤다.

영생의 열매를 얻은 왕은 깊은 고민에 빠졌다. 왕에게는 자기 목숨보다 아끼고 사랑하는 왕비 핀글라가 있었다. 왕비는 젊고 아름다웠다. 왕은 왕비가 죽고 난 뒤 혼자만 영원히 살게 된다면 영생불멸의 삶은 축복이 아니라 저주가 될 것이라 생각했다. 왕은 왕비에게 영생의 열매를 건넸다. 하지만 열매를 받은 왕비도 그것을 먹지 않았다. 왕비는 영원히 살고 싶지 않았다. 그때 왕비는 젊고 잘생긴 왕의 호위병을 사랑하고 있었다. 왕비는 왕에게서 받은 영생의 열매를 애인에게 주었다.

그러나 왕비의 애인 또한 영생의 열매를 자신이 먹지 않았다. 왕비의 애인인 호위병은 보석보다 빛나는 젊은 여인을 사랑하고 있었다. 그녀는 왕의 시녀였다. 왕비의 애인은 시녀에게 열매를 건넸다. 시녀 또한 영생의 열매를 먹지 않았다. 시녀는 자신이 모시는 바트리 하리 왕을 진심으로 사랑하고 있었다. 그녀는 영생의 열매를 바트리 하리 왕에게 바쳤다. 왕비에게 건넨 영생의 열매가 다시 자신의 손으로 돌아오자 왕은 소스라치게 놀랐다. 문득 왕은 '꿈'에서 깨어나 숲으로 갔다.

자발적 가난

요즈음 무소유와 나눔에 대해 생각이 많다.
한때 나는 우리가 많은 재물을 모으는 것을 두려워할 필요가 없다고
생각한 적이 있다.
단지 아무것도 소유하지 않고 산다 해서
존재가 더 커지는 것은 아니라는 생각 때문이었다.
부의 획득이 존재를 작게 하는 것이 아니라
부를 나누지 않고 곳간에 쌓아둘 때 존재는 한없이 작고 초라해진다고
생각했다.

그러나 지금은 아니다.
부를 쌓아 두고 나누지 않을 때 존재가 작아질 것이란 생각에는
변함이 없지만
'아무것도 소유하지 않고 산다고 해서 존재가 더 커지는 것은 아니' 라던
생각은 바뀌었다.
이제 나는
아무것도 소유하지 않기 위해 노력할수록 존재는 더욱 커진다고 믿는다.

부자가 되어서 나누는 삶은 아름답다.
하지만 부자가 되지 않기 위해 노력하는 삶은 더욱 아름답다.
부자가 되지 않는다는 것은
얻게 되는 모든 것을 나누어 버릴 때만 가능한 일이기 때문이다.

이 세계에는 여전히 먹을 것이 없고, 입을 옷이 없고,
잠잘 집이 없는 사람들이 허다하다.
그러나 오늘날 인류가 직면한 기아와 빈곤의 문제가
물질의 부족 때문이 아니라는 것은 잘 알려진 사실이다.
그러므로 더 많이 나누기 위해 더 많이 생산하고 더 많이 모아야 한다는
주장은 설득력이 없다.

결코 나누기 위해 부자가 되려고 애써서는 안 된다.
그보다는 가난해지기 위해 애써야 한다.
가난하게 사는 것이야말로 나눔 이전의 나눔이며,
가장 큰 나눔의 실천이다.
역설적이지만 모두가 가난해지려고 노력할 때,
이 세계의 모든 가난은 끝나게 될 것이다.

분노

분노는 장작불과 같아 남을 태우기 전에 자신을 먼저 태우고 만다.

아무것도 남기지 않는 삶

요새 나는 말 없는 것들이 부럽다.
말 없는 바위와 돌들, 말 없는 나무와 풀들, 말 없는 구름들, 별들.
요새 나는 흔적 없이 살다 간 사람들이 부럽다.

무언가를 이루고 남기는 것은 중요하다.
하지만 아무것도 남기지 않고 가는 사람이야말로
실로 놀라운 사람이다.

흔적을 남기지 않은 사람들이란
본디 무소유의 삶을 살다 간 사람들이기 때문이다.

우리는 늘 삶에 대해 서툴다.

그렇다고 삶이 실수투성이인 것을 책망하거나 탓할 이유는 없다.

누구나 처음 살아보는 삶이 아닌가.